Uległa Niewolnica i inne historie

Erika Sanders

Seria
Dominacja i erotyczna uległość

Streszczenie

Książka ta składa się z następujących historii:

Uległa Niewolnica to opowieść o silnych treściach erotycznych BDSM i z kolei należąca również do kolekcji Erotic Domination, serii powieści o dużej zawartości romantycznej i erotycznej BDSM.

(Wszystkie postacie mają ukończone 18 lat)

Notatka pisarka:

Erika Sanders to znana na całym świecie pisarka, tłumaczona na ponad dwadzieścia języków, która swoje najbardziej erotyczne, odbiegające od zwykłej prozy pisarstwo, podpisuje panieńskim nazwiskiem.

Indeks:

ULEGŁA NIEWOLNICA I INNE HISTORIE
ERIKA SANDERS

ULEGŁA NIEWOLNICA

Niewolnica Susan obudziła się z rozkoszną potrzebą nakarmienia swojego Pana, ale z przerażeniem odkryła, że już go nie ma.

Zamiast tego na poduszce obok niej leżała notatka, pojedyncza orchidea i karta podarunkowa na jej ulubiony dzień w spa.

Ziewnęła i przeciągnęła się, po czym z zapałem przeczytała notatkę.

„Chcę, żebyś spędził ten dzień na przygotowaniu się na Mnie. Nie możesz się dziś masturbować, bo później dam ci wszystko, czego potrzebujesz. Będziemy dziś wieczorem na balu charytatywnym, a potem będę cię wykorzystywać na wszelkie sposoby, aż do Mam dość." „.

Susan wiedziała, że list jej Mistrza mówi o wiele więcej, niż sam powiedział, ponieważ znała jego serce.

W trzech krótkich zdaniach poinformował ją, że ten dzień i ta noc będą dla niej i jego przyjemności, że nie ma w niej takiej części, której nie przekroczyłby jej granic i że powinna zrobić wszystko, co w jej mocy, aby go zmusić do było dla niego tak przyjemne, jak to tylko możliwe.

Susan uwielbiała sprawiać przyjemność swojemu Mistrzowi, a On zawsze czynił wszystko między nimi doskonałymi.

Susan wstała z łóżka i skręciła włosy w spinkę, idąc do łazienki.

Na haczyku przywiązanym z tyłu drzwi wisiała sukienka, pończochy i buty, które wybrał dla niej mistrz Robert.

Nie było bielizny.

Susan uśmiechnęła się, po czym umyła twarz, umyła zęby i zanim wróciła do pokoju, otworzyła dolną szufladę komody, wyjęła chińskie kulki i zdjęła majtki typu stringi, w których spała.

Mistrz powiedział, że nie ma w niej takiej części, której by nie użył.

Powoli ułożył chińskie jądra i od razu wyobraził sobie wspaniałego kutasa swojego Mistrza...

Włożył dżinsowe szorty i żółtą zapinaną na guziki koszulę, którą mistrz Robert miał na sobie poprzedniego wieczoru.

Lubiła nosić jego ubrania.

Poczuła ten zapach na sobie.

Założył sandały, wziął kartę podarunkową i szybko wyruszył.

* * *

Susan przybyła i odkryła, że mistrz Robert zorganizował wszystko zgodnie z jej instrukcjami, tak jak to zwykle robił.

Kobiety w pokoju nic mu nie powiedziały, po prostu kontynuowały to, co robiły.

Nie czuła się niekomfortowo z powodu tego, co świat postrzegał jako związek uległości, ponieważ świat nic nie wiedział o miłości, którą dzieliła ze swoim Mistrzem Robertem.

„Tak, jesteśmy panem i niewolnikiem" – pomyślała, gdy manicurzystka pracowała nad jej stopami – „ale jesteśmy także mężem i żoną, Robertem i Zuzanną, bratnimi duszami!" Nie miało znaczenia, że reszta świata tego nie rozumiała.

Po prostu dlatego, że nie mieli pojęcia o prawdziwej miłości między nimi.

Po wykonaniu manicure i pedicure została zabrana do lawendowo-waniliowej łazienki.

To była jego ulubiona część i mistrz Robert o tym wiedział.

Bardzo trudno było jej nie sprawić sobie przyjemności, gdy została sama w pachnącej łazience, ale wiedziała, że jej Pan będzie dziś wiele od niej chciał, więc odpoczywała, nie przeżywając orgazmu w łazience.

Wreszcie, gdy przyszła kolej na jej włosy, umyli je i uwodzicielsko ułożyli na czubku głowy, zabezpieczając wsuwką, którą kupił jej na pierwszej randce.

Uśmiechnęła się radośnie, myśląc o przyjemności, jaką sprawi Mu zdjęcie szpilki z jej włosów i patrzenie, jak spadają na jej ramiona.

To byłaby noc do zapamiętania.

Po powrocie do domu nałożyła makijaż.

Do tego doszły wysokie jedwabne pończochy i trzycalowe czarne szpilki, które kupił jej we Włoszech.

Zatrzymał się tam, żeby spojrzeć na siebie w lustrze.

Czegoś brakowało.

To była krótka myśl, którą szybko wyrzuciła z głowy.

Gdyby chciał więcej, przewidziałby to.

Zdjęła chińskie jądra, które przez cały dzień utrzymywały ją na granicy orgazmu, a następnie włożyła delikatną sukienkę przez głowę i pozwoliła jej zsunąć się po ciele.

Była zadowolona ze sposobu, w jaki patrzy w lustro i Robert też będzie.

Dotyk jej ulubionych perfum i była gotowa.

Wzięła orchideę, która tego ranka pływała w misce z wodą, i wsunęła ją w kok włosów na karku.

Kiedy usłyszała, jak jego samochód wjeżdża na podjazd, jej sutki stwardniały, a cipka zaczęła pulsować.

Normalnie czekałaby na niego pod drzwiami na kolanach z pochyloną szyją, tak aby jej ciało było całkowicie do jego dyspozycji.

Była bardzo zaniepokojona.

Pobiegła na dół schodów, żeby na niego poczekać.

Kiedy wszedł, ona już zarumieniła się z podniecenia i czuła, że jej wygląd podobał mu się, gdy stał i na nią patrzył.

„Wyglądasz smakowicie, niewolnica Susan".

„Dziękuję Mistrzu Robercie, bardzo się cieszę, że jesteś usatysfakcjonowany."

– Wygląda na to, że o czymś zapomniałeś.

– Czy o czymś zapomniałem?

Robert wziął ją za nadgarstek i poprowadził po schodach.

Na poduszce, w miejscu, gdzie znajdowała się notatka i kwiatek, leżał jej naszyjnik.

Zdziwiła się, że nie zauważyła tego wcześniej i od razu zrozumiała swój błąd.

Mistrz Robert przygotował dla niej ręcznie wykonany naszyjnik wraz z odpowiednim krawatem.

Jej choker zawierał połowę kryształowego serca, które idealnie pasowało do drugiej połowy, którą nosiła.

Dał jej to w dniu ślubu.

Jak udało mu się tego nie zauważyć?

Jej sutki zaczęły się rozciągać, a pochwa pulsowała, gdy zdała sobie sprawę, jak poważny był jej błąd.

Robert odpiął pasek.

„Kocham cię, Susan, ale nie mogę pozwolić na taką nieostrożność w przygotowaniach dla Mnie".

„Tak, mój słodki posiadaczu".

„Pochyl się i chwyć za kostki".

Nie trzeba jej było mówić, żeby rozłożyła nogi, gdyż już wcześniej była karana w ten sposób.

Mistrz Robert lubił patrzeć na jej cipkę, kiedy ją bił.

Złapał jedwabistą sukienkę i powoli zsunął ją z jej nóg do talii, a ze względu na jej pozycję, nadal zsuwała się w dół i wokół piersi, zakrywając nieco głowę i twarz.

Cóż za wspaniały widok pokazała mu, ubrana tak elegancko, ale tak prymitywnie pozowana.

Widział, jak bardzo była podekscytowana, widząc, jak wilgoć jej pochwy błyszczała w świetle.

Zdjął pasek, który trzymał w dłoni, rozmyślając o tym.

To byłaby długa noc.

Odwrócił się, podszedł do jej łóżka i sięgnął do szuflady szafki nocnej i wyciągnął skórzany bicz, którego często używał na niej.

Miał długą rączkę, a na końcu zwisało dziewięć cienkich pasków miękkiej, giętkiej skóry.

Zostało dobrze wykorzystane i docenione.

Wracał do niej powoli, ciesząc się pięknym obrazem, jaki stworzyła i obserwując zmiany, jakie w niej zaszły.

Oddychała ciężko i ciężko jej było usiedzieć w miejscu.

„Ahhh, moja niewolnica Susan, będę się tobą dzisiaj bawić!"

I z tymi słowami połączył trzy szybkie rzęsy z jej tyłkiem, co sprawiło, że krzyknęła z bólu i przyjemności.

Cofnął się i patrzył, jak szybko na jej tyłku zaczęły pojawiać się czerwone paski.

"Gówno!" Pomyślał sobie! – Jak mam się dziś wieczorem powstrzymać?

I dzięki tej myśli rozwiązanie przyszło natychmiast.

Zjadłby to teraz, przed wieczorną sesją, tylko raz, żeby pozbyć się tej potrzeby.

Z grubsza rozpiął spodnie, wyjął swojego i tak już sztywnego kutasa i wepchnął go głęboko w jej cipkę, nie dla przyjemności, ale żeby ją nasmarować.

W tym momencie najbardziej pragnął czerwieni, obcisłości, połysku i gotowości na niego.

Ku jej przerażeniu, wyciągnął swojego kutasa z ociekającej cipką niewolnicy Susan i wepchnął go głęboko w jej czekającą dupę.

Okrzyk „TAK!" z jej ust podsycał swój ogień i szaleńczo klepał ją po uniesionych biodrach.

Trzymając ją mocno, nie zatrzymał się, dopóki nie był gotowy eksplodować.

Usłyszała swój własny, ciężki oddech i jęki, gdy ładunek jedwabistej spermy przyszedł i rozprzestrzenił się po jej zaczerwienionym tyłku.

Kiedy wrócił do siebie, zdał sobie sprawę, że wcierał swoją gorącą spermę w czułą, pożądaną dupę swojej niewolnicy Susan, a ona wciąż mu dziękowała.

„Dziś wieczorem będę miał na sobie czarny smoking, Susan" i z tymi słowami poszedł pod prysznic, podczas gdy niewolnica Susan założyła naszyjnik, a następnie poszedł do szafy po smoking.

Była bardzo dokładna i dwukrotnie sprawdziła, czy wszystko, czego potrzebował, czeka na Niego, kiedy wyszła spod prysznica.

Położyła każdy przedmiot na łóżku, myśląc o tym, jak ją właśnie wykorzystał, o tym cudownym sposobie, w jaki jego jądra uderzały w jej łechtaczkę, gdy niszczył jej tyłek.

Była tak zamyślona, że nie usłyszała go za sobą, dopóki nie pocałował jej delikatnie w szyję.

– Nie chcę cię karać, Susan, ale och! Jak wspaniale wyglądasz, kiedy to robię.

„Dziękuję, mistrzu Robercie".

* * *

W samochodzie mistrz Robert zsunął szlafrok z jej nóg i rozłożył uda.

Dotknął jej wciąż ociekającej cipką, ale zabronił jej dojść.

Niewolnica Susan wierciła się na swoim miejscu i cieszyła się, że w tak krótkim czasie zobaczyła Salę , gdyż była pewna, że nie wytrzymałaby dużo dłużej.

Włożył palce w jej usta, żeby wyczyściła je językiem i wargami, a drugą ręką rozpiął trzy maleńkie guziki u góry jej stanika.

„Zostaw to w ten sposób" – powiedział jej, a następnie pocałował ją czule w usta, po czym powiedział jej, żeby poczekała, aż otworzy drzwi.

W Sali często zmuszona była odchodzić od niego, ale on zawsze był w jej zasięgu wzroku.

Niewolnica Susan grzecznie rozmawiała z innymi służącymi, ale jak zwykle udawała się do spokojniejszych miejsc i zostawała sama.

Mistrz Robert miał ogromne zapotrzebowanie na uwagę i podziwiała sposób, w jaki radził sobie w takich sytuacjach, taki szarmancki, taki przystojny.

Poproszona do tańca, zwróciła się do Niego o wskazówki.

Było między nimi zrozumiałe, że czasami konieczna była uprzejma akceptacja, ona jednak zawsze czekała na Jego zgodę, zanim się zgodziła, i prawie zawsze mogła na Niego liczyć, że zaprzestanie tego, co robiła.

Dziś jednak czekał na swojego mistrza Roberta, odrzucając oferty nawet wtedy, gdy je zatwierdzał.

Po trzeciej odmowie ruszył w jej stronę przez pokój.

"Wszystko w porządku kochanie?"

"Tak."

– Dlaczego nie tańczysz?

„Ponieważ chcę dziś wieczorem z tobą zatańczyć".

– Zatem, Susan, spełnisz swoje życzenie.

Objął ją w talii i delikatnie położył na plecach, prowadząc na parkiet.

Trzymając ją mocno, tańczył z nią.

Patrząc na nią, jakby była jedyną kobietą na świecie, dręczył oczyma jej skórę i szeptem doprowadzał ją na skraj szczęścia, jak ją później wykorzysta.

"Zabierz mnie do domu?" Szepnęła do niego.

Wziął ją za rękę i poprowadził przez tłum.

W samochodzie całowali się namiętnie, a niewolnica Susan szeptała mu pragnienia swego serca.

„Potrzebuję mojego mistrza Roberta".

Robert w odpowiedzi rozpiął spodnie i pozwolił jej karmić się nim w drodze do domu.

* * *

Na podjeździe, po wyłączeniu samochodu, pozwolił jej stać i cieszyć się głodnym sposobem, w jaki pożerała Jego Kutasa.

To sprawiło, że zatrzymała się na tyle długo, by zdjąć sukienkę przez głowę i wrzucić ją na tylne siedzenie.

Następnie odsunął siedzenie i wyjął szpilkę z jej włosów, pozwalając jej opaść na ramiona.

Uwielbiał jej czarne włosy, sposób, w jaki opadały na twarz i ramiona i sposób, w jaki wypełniały jego pięści, kiedy je chwytał.

Robert obserwował ją przez długi czas, zachwycając się sposobem, w jaki wielbiła jego kutasa, ssąc go, jakby był jej własnym pożywieniem.

Kiedy jej pragnienie dojścia było większe niż Jego powściągliwość, włożył ręce w jej włosy i wepchnął swojego kutasa głęboko w jej gardło.

Wchodził i wychodził z jej ust i gardła z głęboką potrzebą, która groziła, że ją pożre.

Niewolnica Susan drżała w jego rękach i zdał sobie sprawę, że jego własne uwolnienie wywoła jej uwolnienie.

Ostatnie pchnięcie głęboko w gardło i eksplodował w ekstazie.

Każdy strumień gorącego mleka wstrząsał jej ciałem ze spazmem równym jego własnemu.

Byli panem i niewolnikiem, a mimo to stanowili jedno.

Ciało ...

Piękny skurcz mleka...

Jedna miłość!

***

Niewolnica Susan otworzyła oczy, gdy mistrz Robert otworzył drzwi.

Wyciągnął rękę i pomógł jej wysiąść z samochodu.

Stała przed nim w świetle księżyca, w sukni sięgającej do ud, jedwabnych butach i naszyjniku z połową kryształowego serca.

Światło księżyca i gwiazd tańczyło na jej skórze, a On na jej widok odetchnął głęboko.

„Chodź kochanie, nasza noc dopiero się zaczęła".

Zaprowadził ją do środka i do sypialni, gdzie otworzył drzwi balkonowe, aby wpuścić oceaniczną bryzę.

Wziął jej naszyjnik i zastąpił go naszyjnikiem, po czym zaprowadził ją do łóżka, gdzie ją zabandażował.

„Połóż się. Chcę poczuć, jak twoje ciało poddaje się Mnie" – szepnął.

Zrobiła o co prosił i czekała na kolejne polecenie.

Kiedy nikt nie przyszedł, próbowała uspokoić oddech, próbowała go usłyszeć w pokoju.

Gdzie mógłby być?

Co robisz?

Jego umysł pracował gorączkowo, oczekując planów wobec niej.

Czekała, co wydawało się wiecznością, myśląc, że słyszy jego oddech, ale nie była tego do końca pewna.

Kiedy w końcu pomyślał, że lepsze jest lanie za nieposłuszeństwo niż czekanie jeszcze sekundy, sięgnął po opaskę, ale zamiast wpakować ją w kłopoty, powiedział jej: „Dotknij się dla mnie".

Trzy słowa, trzy maleńkie słowa, rozpaliły w niej ogień, jakiego nigdy wcześniej nie czuła .

Natychmiast jego ręce znalazły się na jej ciele, jedna na klatce piersiowej, a druga między nogami.

W ciągu kilku sekund wiła się w orgazmie, z rozłożonymi nogami, rozciągniętymi kolanami, palcami wściekle ruchającymi jej cipkę do orgazmu, a jej plecy wyginały się w łuk, aż nic poza tyłkiem i tyłem jej głowy nie dotykało łóżka.

„Tak! Robert! Och, mój panie Robercie! Tak! Tak! Tak!"

Nie obniżyła się jeszcze całkowicie, gdy usłyszała to ponownie:

„Znowu. Zrób to jeszcze raz."

Przekręciła się na brzuch i podłożyła kolana pod ciało, wypychając tyłek do góry, aby On mógł to zobaczyć.

Wsunęła palce w cipkę tak głęboko, jak tylko mogła i ponownie się masturbowała dla rozrywki swojego Mistrza.

Kiedy przybył, trwał znacznie dłużej niż pierwszy.

Docierał do jej magicznego miejsca raz po raz, aż w końcu biegnąc po wewnętrznej stronie jej ud, zaczął błagać ją o litość.

Odwracając się na plecy, krzyknęła:

„Robert! Och, Robercie! Proszę! Proszę! Proszę, pieprz mnie teraz!"

Nie okazał litości, gdy chwycił ją i brutalnie przewrócił na brzuch.

Rozpoznała jego bicz w chwili, gdy dotknął jej skóry.

„Dziękuję, Mistrzu! Dziękuję za twoją hojność. Dziękuję, że pozwoliłeś mi dojść. Dziękuję, że kochasz mnie na tyle, by mnie ukarać, gdy nie okażę ci należytego szacunku".

Za każdym uderzeniem otrzymywała wdzięczność, którą powinna była wyrazić, gdy pozwolił jej przyjść.

Nie mógł się już powstrzymać!

Dosiadł ją taką, jaka była, twarzą w dół i mokrą z potrzeby.

Wsunął się w nią tak łatwo, że myślała, że ją zniszczy.

Złapał obiema rękami za jej włosy i zaczął ją gorączkowo masować.

Wciąż mu dziękowała, gdy poczuła jego członek głęboko w sobie.

Rzucił ją i przekręcił w środku, a ona wiła się pod Nim, czekając, aż da jej to, czego potrzebowała.

Pieprzył ją podczas orgazmu, nie zwalniając ani nie zatrzymując się, aż w końcu też doszedł głęboko w jej łono.

Leżała pod Nim, dojąc Jego kutasa swoją cipką i szepcząc w kółko: „Dziękuję, dziękuję, mój słodki posiadaczu", podczas gdy jej Mistrz Robert szeptał jej do ucha zachwycające pochwały.

Ciągłe szarpanie jej cipką na Jego kutasie utrzymywało go w pozycji pionowej i wkrótce jej własne biodra znów się poruszały.

Uwielbiał sposób, w jaki jej pragnienia i potrzeby odpowiadały jego własnym.

Oddał się Mu tak całkowicie, że nigdy nie było momentu, w którym którekolwiek z nich byłoby zaspokojone, zanim potrzeby drugiego nie zostały zaspokojone.

Na początku jej ciało czasami odczuwało ból z powodu jego długiego, grubego penisa i jego mocnego żądania, zanim była w pełni usatysfakcjonowana, ale teraz jej ciało, jej brzuch, cała jej dusza przylegały do niego jak rękawiczka, a ból jej miłości był tylko pozorny Następnego dnia.

Była jego pod każdym względem i cieszyła się z tego tak samo jak on.

Robert był zafascynowany tym, jak szybko znów był na nią gotowy.

Przesunął dłonie po jej ramionach i chwycił za nadgarstki.

Trzymała je razem nad głową, gdy on sięgnął do szuflady szafki nocnej i wyciągnął mankiety.

Po złączeniu jej nadgarstków wyciągnął swojego kutasa z jej głodnej cipki i poszedł do szafy po linę.

Przywiązał linę do nadgarstków, żeby użyć jej jako smyczy.

Wciąż z zawiązanymi oczami, oddychała ciężko i wiedział, że jest w potrzebie.

Sięgnął ponownie do szuflady i wyciągnął kolczyk w ustach.

„Otwórz usta, niewolnica Susan".

Bez wątpienia zrobiła to, o co prosił, ponieważ oboje znali znaczenie ich związku.

Umieścił o-ring w jej ustach i mocno zawiązał go wokół jej głowy.

Następnie zdjął ją z łóżka i położył na kolanach.

To, co miało nastąpić, nie było karą, ale przyjemnością i niewolnicą Susan szybko nauczyła się, że istnieje różnica.

Trzymając ją za włosy, Mistrz Robert wepchnął swojego kutasa przez knebel do gardła niewolnicy Susan.

Trzymał go tam, aż zaczęła się krztusić, po czym go wyciągnął.

Pchnął ponownie i trzymał ją, ale po kilku sekundach znów zaczęła się krztusić.

Wyjął go i czekał.

Kiedy jej oddech się ustabilizował, pchnął ją ponownie.

Tym razem udało jej się wytrzymać bez dławienia się.

Nie pompował jej, nawet się nie poruszył, ale zostawił swojego kutasa w jej gardle, dopóki nie zaczęła się wić.

Kiedy jej wicie zmieniło się w walkę, wyciągnął penisa i pogłaskał ją po włosach.

"To jest moja dziewczyna!" Powiedział dumnie. – To moja słodka dziewczynka.

Te czułe słowa sprawiły, że sutki niewolnicy Susan zacisnęły się, a jej cipka stała się wilgotna z pragnienia.

Mistrz Robert trenował swoją odaliskę, aby przyjąć całego kutasa bez odruchu wymiotnego.

Wymagało to cierpliwości i praktyki, ale radziła sobie coraz lepiej.

Bywały chwile, kiedy nigdy się nie dławiła, a kiedy to się zdarzało, dobrze ją nagradzał.

Mistrz Robert przełożył uwiąz do jej kołnierza i kazał jej wrócić do łóżka.

„Czy chcesz, żebym była niewolnicą Susan?"

Tak, jego odpowiedzią było skinienie głową.

„Czy potrzebujesz mnie, niewolnicy Susan?"

Tak ponownie.

– Zobaczmy, czy tak jest?

Robert przywiązał linę do wezgłowia, a drugi koniec zrobił pętlę, którą przełożył przez jej głowę i szyję.

Następnie zabrał się za zadanie oszacowania potrzeb swojej niewolnicy Susan.

Pomiędzy jej nogami przesunął się do pozycji, w której mógł wziąć jej pulsującą łechtaczkę do ust.

Ssał ją delikatnie, w ten sam sposób, w jaki ona ssie jego, kiedy ssie jego.

Biodra Slave Susan zaczęły się kręcić i pchać.

Nie mogąc mówić za pomocą kolczyka w ustach, po prostu sapała i jęczała.

Kiedy była już bardzo blisko dojścia, On cofnął się, zmuszając ją do ześlizgnięcia się w jego stronę i w konsekwencji zaciskając jej szyję na linie.

Mistrz Robert sprawił, że poczuła się wyjątkowo.

Lizał ją powoli od dołu do łechtaczki, a następnie językiem zakreślał leniwe kółka wokół jej łechtaczki.

To, co jej zrobił, było szalone, a jednocześnie cudowne, dopóki znowu się nie wycofał.

Niewolnica Susan zsunęła się, aby uzyskać potrzebny nacisk języka na łechtaczkę.

Och, gdyby tylko mogła teraz dojść!

Teraz, gdy lina była napięta i nie było już luzu, Mistrz Robert wstał i wsadził swojego twardego kutasa w ociekającą cipką niewolnicy Susan.

Odsunął jej nogi do tyłu i pieprzył ją głęboko, ocierając się o miejsce, które sprawiało mu tyle przyjemności, podgryzając należące do Niego piersi i coraz mocniej ssąc jej sutki, ale gdy zaczęła się pod Nim miotać i jęczeć, wrócił wycofać się, dając mu tylko głowę i nic więcej.

"NIE!" pomyślała.

Opaska na oczy, kolczyk w ustach, nie mogła widzieć ani mówić, żeby poprosić go o litość lub powiedzieć mu, czego potrzebuje , więc wbiła pięty w łóżko i wepchnęła się głębiej w łóżko, w stronę Jego kutasa, którego tak bardzo kochała.

Nie mogła teraz oddychać, a napięcie liny przechyliło jej głowę do góry i na bok, ale musiała.

Musiała poczuć go głęboko w sobie.

Było tak blisko!

Nie mogła teraz przestać.

Mistrz Robert uśmiechnął się zachwycony.

Miałaby to, czego tak desperacko potrzebowała, w przeciwnym razie umarłaby i to był On.

Kochała go bardziej niż powietrze, którym oddychała i to mu wystarczało.

Następnie położył się całkowicie na niej i zaczął w nią wnikać głęboko i mocno, ssąc jej ramiona i gryząc szczękę.

Kiedy poczuł, jak jej nogi owijają się wokół niego, a jego ciało zaczyna się trząść, chwycił linę i pociągnął ich oboje na łóżko, pozwalając, aby powietrze wróciło do otwartych ust.

Patrzenie, jak wciąga powietrze, płacze i czuje, jak jej cipka zaciska się i kurczy na jego kutasie, było czymś więcej, niż mógł znieść.

Podskoczył i wziął swojego kutasa w rękę.

Pompował go wściekle, aż w końcu doszedł, strzelając serią za wybuchem spermy przez pierścień i do ust niewolnicy Susan.

"O tak!" Kiedy po raz pierwszy posmakowała go językiem, pomyślała: „TAK! Jej ciało, które jeszcze nie do końca odzyskało kontakt z Mistrzem, teraz znów było pełne przyjemności.

Raz po raz, jak fale na brzegu, przychodziło po Niego.

Był jej bratnią duszą pod każdym względem i razem osiągnęli wyżyny czystej ekstazy.

Mistrz Robert zdjął opaskę z oczu i kontynuował pompowanie swoim twardym, wyprostowanym kutasem.

Kiedy oczy Jennifer przyzwyczaiły się do światła, zobaczyła, jak jej Mistrz wypełnia jej usta swoją spermą.

Następnie usunął knebel i pozwolił jej delektować się swoim prezentem, jednocześnie uwalniając jej ręce i zdejmując pończochy, buty i wreszcie kołnierz.

Mistrz Robert wziął ją w ramiona i mocno przytulił.

Wyszeptał jej imię i powiedział, że jest jego i że ją kocha, nie ukrywając niczego.

Stała drżąc w jego ramionach, a On przyciągnął ją jeszcze bliżej, zapewniając, że jest cenna i chroniona.

Kiedy jego zmęczone ciało przestało się trząść, zasnął spokojnie w słodkich objęciach swojego Mistrza.

* * *

Obudziła się, kiedy On ją podniósł i zaniósł do wanny.

Podszedł do niej i tulił ją w ramionach, gdy zanurzali się w gorącej, parującej wodzie.

To było wspaniałe i uśmiechnęła się, gdy przypomniała sobie, jak bardzo podobała im się ręcznie wykonana wanna przez tak długi czas.

Mistrz Robert wykąpał ją tak delikatnie, jakby była noworodkiem.

Umył jej włosy i szczególną uwagę poświęcił jej wrażliwej cipce i tyłkowi.

Pocierał jej szyję i ramiona namydlonymi dłońmi, przesuwając je po plecach i pośladkach, które ugniatał jak ciasto.

Kąpiel niewolników była rytuałem, na który nalegała, co nadawało jej o wiele większe znaczenie.

To było piękne i była tak szczęśliwa, że nie mogła powstrzymać łez, podczas gdy On nie potrafił odróżnić łez od kropli wody.

Kiedy ją osuszył i uczesał włosy, zdjął kołdrę i bez słowa przeczołgali się między zimną pościelą.

Nie było nic do powiedzenia, czego ciała nie powiedziały już sobie nawzajem.

Podobnie jak w przypadku jej wieczornej rutyny, Robert czytał jej, podczas gdy ona wodziła opuszkami palców po jego ciele.

I za już udzielonym pozwoleniem, opiekowała się nim, dopóki nie odpłynął do świata spełnionych marzeń.

PODWYŻKA

Anita zapukała do drzwi, jakby nie chciała ich wyważyć.

To nie miało sensu, ponieważ była jedyną osobą, która pozostała w sklepie z pączkami.

To znaczy ona i osoba po drugiej stronie drzwi.

„Wejdź" – zabrzmiał głos tej osoby.

Anita otworzyła drzwi i weszła do środka, zamykając je za sobą.

W cichym biurze trzask zamka, gdy nacisnął go klamką, wydawał się ogłuszający.

Eryk Galvez podniósł wzrok znad dokumentów leżących na biurku.

Spojrzał na Anitę, śliczną brunetkę z Meksyku, ubraną w szkolny mundurek sklepu, białą koszulę zapinaną na guziki i krótką spódniczkę w kratę, trzymającą torbę pączków.

Miała nieskazitelne ciało i gęste, warstwowe brązowe włosy, które nie sięgały jej ramion.

– Cześć, Anita – powiedział Eric.

Kierownik sklepu, żonaty, mający dwójkę dzieci i czterdziestoletni, odłożył pióro i uśmiechnął się.

„Witam. Przepraszam, jeśli w czymś przeszkodziłam" – powiedziała nieśmiało.

– Oczywiście, że nie – zapewnił go Eric. "Usiądź".

Małe biuro kierownika składało się z kanapy, dwóch krzeseł, biurka i szafek na dokumenty.

Eric patrzył, jak Anita podchodzi do niego, a jej spódnica kołysze się w przód i w tył.

Usiadła na krześle przed biurkiem Erica, skrzyżowała długie nogi i pozwoliła, aby spódnica sięgała ud.

Położył torbę na podłodze obok niej.

„Co się stało?" – zapytał menadżer.

Anita zawahała się, wzięła głęboki oddech i powoli przesunęła palcami jednej ręki po górnej części nogi, od dołu spódnicy do kolana.

„Myślę o wyprowadzce się z wynajętego pokoju i przeniesieniu się do mieszkania" – powiedział.

Była studentką miejscowego uniwersytetu, pracując na różnych stanowiskach w miejscach, których godziny pracy nie kolidowały z jej zajęciami.

„Świetnie" – powiedział entuzjastycznie Eric, po czym przerwał. „I potrzebujesz więcej pieniędzy? Podwyżki?"

Anita spojrzała na niego nieśmiało, zanim na jej twarzy pojawił się poważniejszy wyraz.

„Nie mogę uwierzyć, ile żądają za wynajem. A zaliczka wynosi... – zaczął mówić.

– Wiem – przerwał Eryk.

Patrzył na nią przez chwilę.

Pracowała dla niego prawie rok, innym razem prosząc o podwyżkę.

W tym przypadku użyła swojego ciała, aby „wpłynąć" na jego decyzję.

Prawdę mówiąc, od tego czasu chciał od niej kolejnej prośby.

Eric spojrzał na stojącą obok niego torbę pączków.

„Zabierasz pączki do domu?" – zapytał.

Wzrok Anity opadł na torbę i wrócił na szefa.

„Nie. To dla ciebie... dla nas" – odpowiedziała.

Eric nie potrzebował więcej wyjaśnień.

Ostatnim razem przyniósł też torbę.

I tym razem wiedział, co robić.

Wstał i obszedł biurko dookoła, stając za krzesłem Anity.

Obserwowała jego atletyczne ciało, dopóki nie zniknął za nią.

W oczekiwaniu dreszcz przebiegł mu po plecach.

„Więc przyniosłeś mi pączka" – powiedział cicho Eric. – I chciałbyś się podzielić.

Anita w milczeniu skinęła głową.

Eric spojrzał na młodą kobietę, której koszula była rozpięta u góry i opalone nogi wystające spod rozkloszowanej spódnicy.

Jego dłonie nerwowo chwyciły końce poręczy krzesła.

Eric położył dłoń na włosach dziewczyny i przesunął palcami po jej szyi.

Poczuła ciepłą skórę pod kołnierzykiem jego koszuli, po czym przesunęła rękę na przód jego szyi, zanim zbliżyła się do górnego guzika.

Jednym zwinnym ruchem odpiął guzik; po którym następuje następny.

Moim oczom ukazały się szczyty jej piersi, okryte cienkim niebieskim stanikiem.

Jego palce przesunęły się po miękkiej skórze jej lewej piersi, po czym wróciły do następnego guzika.

Obiema rękami okrążył jej szyję i rozpinał każdy guzik, aż dotarł do szczytu jej spódnicy.

Eric wyciągnął koszulę ze spódnicy i odpiął ostatni guzik.

Koszula Anity rozpięła się na tyle, że Eric mógł zobaczyć z góry większość piersi.

Patrzył, jak unoszą się i opadają, gdy ona łapała powietrze.

Centralny haczyk pomiędzy jej piersiami przytrzymywał stanik.

To nie był przypadek, pomyślał Eric.

Sięgnął w dół i rozpiął stanik, pozwalając, aby obie połówki spoczęły swobodnie na końcach jej piersi.

Anita nadal siedziała bez ruchu, patrząc na ręce Erica lub na wprost.

Wiedziała, że sytuacja szybko się zmieni.

Eric położył dłonie na czubku jej piersi i pozwolił im opaść, aż jego palce zdjęły jej stanik.

Ujął w dłonie jej nagie, brązowe piersi i przez chwilę je delikatnie trzymał.

Na koniec włożyła sutki Anity pomiędzy kciuki i palce wskazujące i delikatnie je uszczypnęła.

Młoda kobieta westchnęła głośno.

Eric poczuł, jak jego kutas twardnieje w spodniach, gdy manipulował sutkami.

Stwardniały pod jej dotykiem, a Anita poczuła podekscytowane ukłucie przemieszczające się przez brzuch do pochwy.

Eric owinął dłonie wokół jej piersi, ale ledwo mógł je wypełnić w swoim uścisku.

Podniósł je i patrzył, jak osadzają się w jego dłoniach.

Obszedł krzesło i stanął pomiędzy biurkiem a Anitą, patrząc na nią przez chwilę.

„Wstań i zdejmij koszulę" – powiedział spokojnym głosem.

Anita rozłożyła nogi i stanęła kilka centymetrów od swojego szefa.

Podniósł koszulę przez ramiona i pozwolił jej opaść na krzesło.

Nie zatrzymując się, zrobiła to samo ze stanikiem.

Eric położył dłonie na zewnętrznej stronie ud Anity i uniósł ręce, aż zniknęły pod jej małą spódniczką.

Anita poczuła, jak ręce unoszą się ponad jej majtkami i pośladkami.

Następnie Eric przeniósł ręce na jej talię i chwycił pasek jej majtek.

Powoli je opuścił i klęknął, gdy przechodziły nad jego kolanami i stopami.

Położył czarne majtki na krześle i zdjął jej buty.

Wstała, spojrzała na swoją spódnicę i powiedziała:

"Zdejmij to."

Anita rozpięła zamek spódnicy i puściła ją na podłogę, po czym wyszła i kopnęła ją na bok.

Eric podziwiał jej wąską talię, pełne biodra i uda,

długie nogi i małe stopy.

Jego wzrok wrócił na jej cipkę i mały, cienki kosmyk ciemnych włosów nad jej łechtaczką.

Anita poczuła się w tym momencie niezwykle seksownie, a wilgotność między jej nogami zwiększała się z każdą sekundą.

Chciała, żeby mężczyzna stał przed nią nago, i wiedziała, że to nieuniknione.

„Zdejmij moje ubranie" – powiedział jej.

Musiał celowo spowolnić swoje ruchy, aby nie ujawnić swojego pragnienia.

Jednak Anita wkrótce ściągnęła Ericowi koszulę przez głowę, odsłaniając dobrze zbudowaną, jeśli nie przesadnie umięśnioną górną część ciała.

Spojrzała w dół i odpięła pasek, a wzrok Erica wędrował pomiędzy jej piersiami i dłońmi.

Rozpięła mu spodnie i zsunęła je w dół, aż same opadły na jego łydki.

Anita uklękła, zdjęła mu buty i skarpetki, po czym zdjęła spodnie i odrzuciła je na bok.

Spojrzał z niecierpliwością na rosnące wybrzuszenie w swoich bokserkach, po czym chwycił pasek i pociągnął je w dół.

Ogromny kutas Erica był tylko w połowie wyprostowany, ale Anita poczuła, jak zalewa ją fala podniecenia, gdy zdjęła jego bokserki.

Wstała i stanęła twarzą w twarz ze swoim szefem.

Ku uldze Anity, on wykonał pierwszy ruch, przytulając ją i przyciągając do siebie.

Całował ją namiętnie, przyciskając swojego kutasa do jej ciała i przenosząc dłonie na jej tyłek.

Eric ścisnął jej miękkie policzki, gdy ich języki spotkały się między wargami.

Anita poczuła, jak jej cipka ociera się o jej ciało, nie będąc pewna, czy była bardziej zdeterminowana, by zadowolić siebie, czy Erica.

Ich pocałunek trwał dalej, gdy owinęła dłoń wokół jego penisa, czując, jak pulsuje.

Kutas zaczął być skierowany ku górze, a dziewczyna wielokrotnie masowała ręką w górę i w dół członka.

Kiedy pocałunek się skończył, Eric spojrzał na Anitę i powiedział:

„ Moja żona mi tego nie robi. Robisz to wspaniale".

- Dziękuję, cieszę się, że ci się podoba - uśmiechnął się.

„Jestem głodny" – powiedział Eric.

"Ja też".

Ruszyli w stronę kanapy.

Po drodze Eric złapał torbę pączków.

Znalazł czas, żeby popatrzeć, jak mała, okrągła pupka Anity podskakuje wraz z jej krokami, po czym położył się na kanapie, z głową na małej poduszce na jednym końcu.

Eric sięgnął do torby i wyciągnął pączka i mały plastikowy nóż.

„Ach, wypełnione kremem waniliowym. – Moje ulubione – powiedział. „Chcesz się podzielić?"

„Chętnie" – odpowiedziała Anita.

Eric ukłęknął i położył pączka w czekoladzie na płaskim brzuchu dziewczyny, ostrożnie przecinając go nożem na pół.

Dreszcz przebiegł ciało Anity, gdy nóż ledwo musnął jej skórę.

Eric patrzył, jak wzdryga się, gdy ostrze noża wyłania się z wnętrza grubego pączka, po czym położył nóż i połowę pączka na torbie na podłodze.

Zdjął pączka z jej brzucha i obrócił w jej stronę wypełniony kremem środek.

Metodycznie obniżał go, aż sutek jej prawej piersi znalazł się bezpośrednio pod kremem.

Długim, delikatnym pociągnięciem nałożył warstwę waniliowego kremu na koniec jej piersi.

Anita zamknęła oczy, gdy zimna wyściółka pokryła jej sutek i otaczającą skórę, wysyłając fale przez jej ciało w kierunku brzucha i pochwy.

Eric odsunął pączek lekko na bok i powtórzył proces, dodając drugą wstążkę kremu przylegającą do pierwszej.

Na koniec odwróciła pączka i natarła czekoladową polewą czubek sztywnego sutka.

Eric włożył pączka do torby i spojrzał na Anitę.

Przyglądała się uważnie, oczekując jego następnego ruchu i cicho błagając, żeby ją pochłonął.

Eric położył głowę na jej klatce piersiowej i przesunął językiem po jej sutku, smakując słodką czekoladę.

Anita prawie jęknęła głośno, ale powstrzymała się i patrzyła, jak język jej szefa wydłuża się, obejmując cal nad i pod jej sutkiem.

Przełknął raz, po czym wrócił do piersi, tym razem otwierając szeroko usta i chłonąc jak najwięcej okrągłej, pełnej piersi dziewczyny.

Jego język kilka razy otarł się o sutek, zanim jego wargi zacisnęły się na różowym ciele i zaczął je ssać.

Tym razem Anita nie mogła się powstrzymać.

– O Boże – szepnął.

Eric podniósł głowę i zlizał krem z ust.

Kiedy jego usta ponownie wylądowały na piersi Anity, jego ręka uniosła pierś do góry i łapczywie zlizał z jej skóry resztę waniliowego kremu.

Zawsze wracało do sutka.

Anita wygięła plecy w łuk, unosząc klatkę piersiową wyżej.

Poczuła, jak wilgoć między jej nogami wzrasta z każdym przesunięciem języka po sutku i była pewna, że mógłby sprawić, że dojdzie, jeśli będzie ją tak trzymał.

Znowu sięgnęła po pączka, tym razem bardziej rozprowadzając białe nadzienie i czekoladę na lewej piersi.

Krem pokrył prawie dwie trzecie jego klatki piersiowej, pozostawiając Erica z prawie pustym półpączkiem w dłoni.

Po włożeniu pączka z powrotem do torby, pochylił się nad ciałem Anity i zaczął skrupulatnie odsłaniać jej pierś, liżąc po jednym.

Dziewczyna przeniosła rękę na czubek głowy Erica i mocniej przycisnęła go do piersi.

W międzyczasie jego dłoń przesunęła się z jej biodra pomiędzy nogi, na chwilę pieszcząc łechtaczkę schowaną pod kosmykiem starannie przyciętych ciemnobrązowych włosów.

„O Jezu" – powiedział cicho. "To jest cudowne uczucie."

Mając na piersi niewielką ilość kremu waniliowego, Eric wspiął się na kanapę, kładąc nogi między swoimi.

Jego kutas był teraz w pełni wyprostowany i skierowany w górę pod ostrym kątem.

Pochylił się do przodu i położył swojego fiuta na jej pokrytej kremem piersi, poruszając nim tam i z powrotem, aż natknął się na niewielką warstwę białego wypełnienia.

Anita ręką skierowała kutasa w miejsca z największą ilością kremu.

Wkrótce od różowej główki aż do podstawy stał się biały.

Anita patrzyła, jak Eric posunął się do przodu i uniósł swojego kutasa do jej ust.

Ochoczo otworzył usta i przyjął prezent.

Słodki smak kremu sprawił, że prawie zapomniała o miłości, jaką czuła do smaku gorącego, twardego kutasa.

Jego język poruszał się po wszystkich stronach członka, gdy Eric wsuwał go i wysuwał z ust, powodując, że jęknął z przyjemności.

„ Ummmm , Anita. Ssij mnie, poliż mnie w ten sposób" – powiedział Eric. – Tak, tak. W ten sposób.

Wydobycie ostatniego kremu z jego kutasa zajęło dziewczynie kilka minut; ssać, lizać i połykać tak szybko, jak tylko mogła.

Kiedy skończył, Eric był twardszy niż wcześniej i był bliski kulminacji.

„Pieprz mnie, Eric" – wykrzyknęła głośno Anita. „Chcę cię we mnie. Proszę."

Kiedy jej szef wstał z kanapy, Anita rozłożyła nogi i uniosła kolana.

Kiedy miał swojego kutasa przy wejściu do jej cipki, jej ręka była w pozycji gotowej, aby poprowadzić go do niej.

Nawet ona była zaskoczona, jak bardzo była na niego gotowa.

Gdy tylko główka nabrzmiałego penisa znalazła otwór, Eric był w stanie opuścić się, aż ich uda spotkały się w delikatnym uderzeniu.

„Boże tak. „Pieprz mnie" – powiedziała Anita.

Eric szybko spełnił jej żądania.

Podniósł ją za tyłek i zaczął wsuwać i wysuwać swojego kutasa, czując, jak okresowo kurczy się pochwa.

Anita uniosła nogi i delikatnie owinęła je wokół talii Erica, pozwalając mu unieść ją jeszcze wyżej.

Piersi Anity kołysały się rytmicznie.

Od czasu do czasu szczypał jej sutki, wysyłając coś, co przypominało prąd elektryczny bezpośrednio do jej pochwy.

Tymczasem Eric zmienił pozycję tak, aby wolna ręka mogła masować jej łechtaczkę.

Z łatwością znalazł spuchnięty guz i potarł go.

Głowa dziewczyny zaczęła się kiwać z boku na bok i szeptała:

"Pierdolić. Gówno. Tak, tam. Tam!"

Eric potarł go mocniej i poczuł, jak jego ciało się napina.

Jej nogi ścisnęły go mocno i krzyknęła: „Achhhh. O Boże. Teraz."

Jej orgazm rozpoczął się od kolejnego stłumionego jęku, a jej biodra szarpnęły się w górę, by sprostać jego pchnięciom w dół.

Przez co najmniej trzydzieści sekund Eric wchodził w nią raz za razem, a ona jęczała i krzyczała, żeby ją przeleciał.

Eric chciał, żeby uczucie jej ciasnej cipki wokół jego kutasa i jej ciała wijącego się pod nim trwało wiecznie.

Trzymał ją za tyłek, gdy powoli zaczęła układać się na kanapie.

Teraz, będąc w stanie skupić się na własnym ciele, Eric poczuł pierwszą falę spermy unoszącą się z jego jąder.

Anita czuła w nim zbliżający się orgazm i namawiała go, żeby kontynuował.

„To wszystko. Chodź, spuść się w moją cipkę".

Kutas Erica eksplodował powodzią spermy, którą Anita poczuła wypełniając jej wnętrzności.

Ciepły płyn wytrysnął kilkoma strumieniami, a każdemu towarzyszył głośny jęk.

Eric chwycił Anitę za ramiona i przycisnął jej ciało do swojego.

Kiedy już miał skończyć i stanął nieruchomo ze swoim kutasem głęboko w niej, Anita mocno ścisnęła jej cipkę.

„Ahhh, kurwa. „Przestań" – mruknął Eric, prawie bez tchu i na wpół roześmiany.

Otrząsnął się po raz ostatni i spadł z niej, bezwładny i całkowicie wyczerpany.

Leżał w jej ramionach, z głową na jej piersi, a jej nogi wciąż owinięte wokół jego talii.

„Musisz tylko o to poprosić, kiedy tylko chcesz" – powiedział cicho Eric, muskając palcem zarys jej sutka.

„Dzisiaj byłam po prostu głodna" – powiedziała.

NIESPODZIEWANA SYTUACJA

ROZDZIAŁ I

„Będę na ciebie czekać w pokoju, ubierz się w coś odkrywczego" – powiedział jej John.

Traktowali go jak na wynos, pomyślała Gina, kończąc rozmowę.

I tak właśnie się czuła teraz, gdy nakładała makijaż w lustrze w toaletce: zacienione oczy , czerwone usta w kształcie serca i makijaż na twarzy taki, by nie wyglądała jak postać z muzeum figur woskowych.

Chcesz coś jeszcze w swoim zamówieniu, kochanie?

Zadowolona ze swojej pracy, przeszła boso po dywanie sypialni, mając na sobie jedynie stanik i majtki, po czym otworzyła szafę.

Z półki powyżej, na której znajdowały się jego ubrania, wyjął małe pudełko pieniędzy i zaniósł je do łóżka.

Kiedy je otworzyła, na jedwabną pościel spadło wiele dziesiątek i dwudziestek.

Gina policzyła cztery z dwudziestu i włożyła resztę do pudełka.

Włożyła pudełko z powrotem do szafy, włożyła pieniądze do torebki i zaczęła się ubierać.

John mieszkał po drugiej stronie miasta, w luksusowej kamienicy z pięcioma sypialniami, niedaleko kanału.

Dojazd tam zajmie dziesięć minut, w zależności od popołudniowego ruchu.

Był jej stosunkowo nowym klientem, któremu dotychczas służyła sześć razy.

Nienawidziła go.

Był arogancki, niegrzeczny i całkowicie wypaczony.

Był włoskiego pochodzenia: oliwkowy kolor skóry, duży nos i gęste czarne włosy na całym ciele.

John uwielbiał jeść i Gina pomyślała, że wygląda jak skrzyżowanie gangstera z lat czterdziestych XX wieku z grubobrzuchą świnią.

Przechwalał się swoimi powiązaniami ze światem przestępczym, ale Gina nie była pewna, ile z tego, co powiedział, było prawdą.

Myślała, że po prostu chciał jej zaimponować.

Nie mogła zrozumieć, dlaczego mężczyźni uważali to za atrakcyjne dla dziewcząt.

Gina nienawidziła przemocy i wyłączała film przy pierwszych oznakach krwi lub przemocy.

Ale John z pewnością zajmował się jakimś podejrzanym interesem.

Widziała broń w jego domu.

Podczas ich stosunku seksualnego słyszał gorące rozmowy telefoniczne, których John nie chciał ignorować.

Rozmowa o pieniądzach i narkotykach.

Uważała, że mężczyźni tacy jak John są nienawistni: chciwi, samolubni, nieuczciwi i skorumpowani.

Jednak za bardzo potrzebowała pieniędzy.

Życie Giny było pełne długów.

Studia humanistyczne, mini fiat, którym codziennie jeździła do pracy sekretarki, zakupy ubrań, wakacje na Ibizie i pożyczka, którą zaciągnęła na umeblowanie mieszkania.

Tonęła w długach, ale firmy pożyczkowe nigdy jej nie odmówiły.

I dlatego przez ostatni rok pracowała jako prywatna osoba do towarzystwa.

Prywatny było słowem kluczowym.

Nie miała reklam w Internecie, zbyt bała się, że jej rodzina lub przyjaciele odkryją jej brudny sekret.

Jeśli nie, polegała na poczcie pantoflowej i swoich stałych klientach, takich jak John.

Pierwszy mężczyzna, który zapłacił jej za seks, miał na imię Peter.

Poznała go na portalu randkowym po zerwaniu z Adamsem, ale od razu wiedziała, że to nie dla niej.

Nie chodziło o to, że miał czterdzieści lat i był o piętnaście lat starszy od niej.

Właściwie to był powód, dla którego go poznała, myśląc, że starszy mężczyzna może jej dać to, czego nie mógł dwudziestoczteroletni Adams.

Zaangażowanie, bezpieczeństwo, być może nowe doświadczenia seksualne.

Po prostu nie czuła żadnego związku z Peterem i przekonała się o tym już w godzinę po ich pierwszej randce, kolacji dla dwojga w indyjskiej restauracji w najładniejszej części miasta.

Pożegnała go i podziękowała za pyszny posiłek, myśląc, że to ostatni raz, kiedy go widzi.

Ale Peter był nią zainteresowany bardziej, niż początkowo myślał.

Skontaktował się z nią dwa dni później i zaproponował, że zapłaci jej za seks.

Gina na początku była zaskoczona, a nawet urażona.

Dzięki swojej głębokiej opaleniźnie, ufarbowanym na blond włosom i skłonności do odsłaniania ubrań, wiedziała, że robi atrakcyjne wrażenie.

Ale to nie uczyniłoby z niej dziwki ani kogoś, kto rozłoży nogi przy pierwszych oznakach kłopotów finansowych.

Z pewnością spotkała dziewczyny, które to zrobiły.

Ale Peter wydawał się być naprawdę miłym facetem i im więcej Gina myślała o swoim długu, tym zaczęła się zastanawiać, co złego jest w przyjęciu tej oferty. Byłoby obopólne korzyści.

Peter ją opęta, a ona zdobędzie pieniądze, których desperacko potrzebuje.

Jeśli tak naprawdę nikt nie odniósł obrażeń, to w czym tkwił problem?

Gina była jednak naiwna.

Nigdy nie spodziewała się, jak uzależniający może być płatny seks ani jak nieszczęśliwe i tanie będzie się dzięki niemu czuła.

Co gorsza, Peter nie był takim dżentelmenem, za jakiego go początkowo uważała.

Wkrótce rozeszła się wieść, że jest dobra w swoich usługach, a mogło to być spowodowane tylko tym, że on to bezpośrednio rozpowszechnił.

Jej skrzynkę pocztową wypełniały wszelkiego rodzaju oferty za pośrednictwem serwisu randkowego, na którym poznała Petera.

Nie mogłem uwierzyć, ilu starszych mężczyzn szukało młodszych kobiet do seksu i ilu było skłonnych za to zapłacić.

Było to dla niej bardzo dochodowe i wkrótce dowiedziała się, że może zarobić więcej pieniędzy, jeśli zechce nieco przesunąć swoje granice.

Mężczyźni płacili więcej za takie rzeczy, jak anal, dominacja, złote deszcze i różne rodzaje odgrywania ról.

Gina zainwestowała w mundurki dla uczennic, seksowną bieliznę i bicze. Zjadła wszystko, co sugerowały, włożyła do środka najróżniejsze przedmioty, a nawet udawała, że karmi piersią pięćdziesięcioletniego mężczyznę ubranego w pieluchę.

Oczywiście John, dysponując swoimi pieniędzmi, mógł cieszyć się wszystkimi dostępnymi udogodnieniami.

Od wysokiej klasy prostytutek po gwiazdy porno, a nawet modelki z trzeciej strony.

To była obsesja granicząca z uzależnieniem.

Wydawało się, że wszystkie młode i piękne dziewczyny były skłonne sprzedać swoje aktywa, póki były jeszcze pożądane.

To było tragiczne.

Nic więc dziwnego, że dowiedziawszy się od przyjaciela, John skontaktował się z Giną.

A dzisiaj miał być ich piąty raz razem.

Gina spojrzała na zegarek i poprawiła ubranie w lustrze w przedpokoju. „To wszystko skończy się za rok, dziewczyno" – przypomniała sobie.

'Możesz to zrobić.'

Następnie chwycił klucze i wyszedł za drzwi.

ROZDZIAŁ II

Dziesięć minut później zatrzymał się na Midesting Road.

Było tuż po dziesiątej trzydzieści i impreza przy basenie w jednym z pozostałych domów trwała pełną parą.

Przejechał przez kutą żelazną bramę domu Johna i zaparkował fiata na podjeździe.

Księżyc świecił na dachu srebrnego mercedesa Johna, gdy usłyszała odgłos swoich obcasów chrzęszczących po żwirze, i poszła na bok domu.

John kazał mu wejść tylnym wejściem.

Dziś wieczorem zagrają w grę polegającą na odgrywaniu ról.

On będzie leżał w łóżku, a ona wejdzie jak złodziej i zaskoczy go.

John uwielbiał mieszać różne rzeczy.

Nigdy nie spotkała mężczyzny o tak bogatej wyobraźni seksualnej.

Zatrzymał się w połowie drogi do domu i rozejrzał się po alejce.

Była pewna, że nikt jej tam nie zobaczy, ale chciała się upewnić na wszelki wypadek.

Ściągnęła majtki, nakładając je na pięty, a następnie wyprostowała spódnicę.

Włożyła majtki do torby.

Czerwona koronka, ulubiona Johna.

Następnie zachwiała się na piętach w dół ścieżki i otworzyła drzwi do ogrodu za domem.

Metalowy kosz na śmieci zabrzęczał, gdy przypadkowo kopnęła go czubkiem ostrego obcasa.

'Głupi!' Napominała samą siebie.

W kuchni paliło się światło, a prowadzące do niej drzwi na patio były uchylone.

John musiał zostawić to dla niej otwarte.

Gina odgarnęła włosy do tyłu, kontynuowała swój zmysłowy spacer i weszła do domu.

Kiedy wszedł do kuchni i zamknął drzwi, poczuł zapach spalenizny.

Prawdopodobnie było to jedno z cygar, które John lubił palić.

Był takim palącym gangsterem .

W domu panowała cisza.

John musiał na nią czekać w łóżku, tak jak jej powiedział.

Gina przeszła przez starannie urządzoną jadalnię, wszystkie nowoczesne i drewniane meble w kolorze głębokiej czerwieni, i wyszła na korytarz.

Spojrzała w górę spiralnych schodów.

– John – powiedział kpiąco. „Jesteś gotowy czy nie?"

Gdy wchodziła po schodach, jej obcasy stukały o wypolerowane stopnie.

Kiedy skręciła w korytarz, zobaczyła otwarte drzwi do sypialni Johna.

Światło było włączone, ale nadal nie wydawało żadnego dźwięku.

Potem usłyszał trzask.

'Jan?'

Gruby drań prawdopodobnie siedział na tronie w przyległej łazience.

Gina wygładziła włosy, obniżyła dekolt i weszła do pokoju.

Wydawało się, że w tym momencie wszystko się zatrzymało.

Całe ciało Giny zamarło.

Na łóżku, zupełnie nagi, wpatrując się w sufit, leżał John, z kałużą krwi moczącą pościel wokół niego i poderżniętym gardłem.

Gina wydała krzyk.

Ciemna postać wyszła zza drzwi i chwyciła ją, owijając ramię wokół jej szyi i kładąc dłoń na jej ustach .

– Nie rób hałasu, bo twoje też odetnę – powiedział.

Gina poczuła na szyi zimny, ostry czubek noża.

'Kim jesteś?' jęknęła.

„Ktoś, kogo nie chciałbyś pieprzyć"

Mężczyzna mocniej ścisnął jej szyję muskularnym przedramieniem.

'Co Ty tutaj robisz?'

– Przyszedłem zobaczyć się z Johnem.

'Aby?'

– Poprosił mnie, żebym to zrobił.

'Ponieważ?' – zapytał mężczyzna.

– Tylko żeby to zobaczyć.

Zmiażdżył tchawicę Giny ramieniem, powodując jej uduszenie.

'Ponieważ?' krzyczeć.

„Aby uprawiać seks" – Gina zdołała się wyjąkać.

Zaczęła kaszleć, gdy mężczyzna łagodził ucisk na jej szyi.

'Jesteś prostytutka?' powiedział.

'NIE!'

'Więc co?'

'Towarzysz.'

„To jest to samo" – powiedział mężczyzna.

Gina nic nie odpowiedziała, zbyt przestraszona, że mężczyzna skręci jej kark lub dźgnie, jeśli mu przeszkodzi.

„Wygląda na to, że mamy problem" – powiedział.

Odwrócił się w stronę martwego ciała Johna, trzymając Ginę mocno między ramieniem a klatką piersiową.

Gina miała wrażenie, że się rozchoruje, widząc tyle krwi.

„Teraz jesteś świadkiem morderstwa".

– Proszę – błagała Gina.

'Nikomu nie powiem. Po prostu daj mi odejść.'

ROZDZIAŁ III

Z ust mężczyzny wydobył się złowrogi śmiech.

- Z pewnością rozumiesz, że to nie będzie takie proste.

Strach przeszył ciało Giny.

Poczuł, jak ciepły mocz zaczyna kapać po wewnętrznej stronie jego nóg.

Nie chciała dzisiaj umierać.

Mężczyzna chwycił ją za ramię dłonią w skórzanej rękawiczce i zaprowadził do łazienki.

Zamknął za nimi drzwi i odwrócił się, żeby na nią spojrzeć.

Gina cofnęła się w kąt, kiedy zobaczyła jego twarz.

Nie spodziewała się, że będzie to jedna z najpiękniejszych twarzy, jakie kiedykolwiek widziała, ale najbardziej zaskoczyła ją głęboka blizna spływająca po jego policzku.

A jego ciało zdawało się być stworzone do zabijania, z ramionami mistrza boksu, które mogłyby złamać kark na pół.

Był potworem.

Spojrzał na nią od góry do dołu twardymi, niebieskimi oczami.

Kto wie, że tu jesteś?

'Nikt! Proszę, możesz pozwolić mi odejść i uciec. Zapewniam, że nie powiem policji.

Podszedł do niej powolnym, drapieżnym krokiem.

— Jest już na to za późno. Widziałeś już moją twarz.

- Obiecuję, że nie powiem. Proszę, nie obchodzi mnie ani ty, ani John, chcę tylko wrócić do domu. Nie chcę umierać. Gina wybuchnęła płaczem.

Mężczyzna położył dłoń w rękawiczce na jej nagim ramieniu i groźnie zbliżył się do jej twarzy.

Gina poczuła, jak ciepłe powietrze z nosa muska jej policzki.

– Tam, tam, tam – mruknął. – Po co niszczyć tę śliczną twarz?

Przesunęła długim palcem po zalanym łzami policzku Giny.

Całe ciało Giny zamieniło się w lód, gdy poczuła jego dotyk.

Było coś niezwykle sprzecznego w pociągu, jaki czuła do ciała tego mężczyzny i strachu, jaki czuła, gdy została przyparta do ściany przez kogoś, o kim wiedziała, że z łatwością mógłby ją zabić.

Pochylił się bliżej i przesunął szorstkim językiem po jej twarzy, sprawiając, że poczuła dreszcz przebiegający po jej skórze.

Nie spodziewała się, co będzie dalej.

Dłoń mężczyzny w rękawiczce wsunęła się pod jej spódnicę, a jego długie palce sondowały jej odsłonięte usta.

„Niegrzeczna dziewczynka" – powiedział po swoim nieoczekiwanym odkryciu.

„Proszę... och"

Mężczyzna zdjął rękawiczkę i długi, mięsisty palec znajdował się teraz w jej wnętrzu.

znalazła łechtaczkę Giny i masowała ją, wywołując ciepło, które zaczęło się w niej rozprzestrzeniać.

Jednocześnie przesunęła językiem po jędrnych konturach szyi Giny.

Gina odwróciła się i zobaczyła swoje odbicie w lustrze nad zlewem.

I zobaczył także tę wysoką, dziwną bestię zagłębiającą się w jego szyję jak wampir, a ostrze noża w jego wolnej dłoni błyskało w świetle halogenu niczym ostrzeżenie.

Nie odważyła się ruszyć ze strachu, że użyje przeciwko niej swojego ostrego czubka.

Mężczyzna odsunął się i przesunął wzrokiem po jej ciele.

Było w nich głębokie podniecenie, jakby widział jej nagie ciało przez ubranie.

Zsunął jej torbę z ramienia i upuścił ją na podłogę, podczas gdy tubka szminki i czerwone majtki rozsypały się na kafelki.

Złapał jedną z jej piersi przez obcisłą kamizelkę i ścisnął ją delikatnie, a gdy stanęła na baczność, przesunął palcem po sutku.

Była lepką mazią w jego rękach.

- Co zamierzasz ze mną zrobić? zapytała.

– Skoro jesteśmy sami i mamy przygotowane miejsce tylko dla nas, dam ci to, czego ten facet tam nigdy ci nie dał.

O Boże, pomyślała Gina. Nie to.

Wyczuwając jej strach, mężczyzna uśmiechnął się.

'Nie martw się. Kiedy już doświadczysz mnie w swojej cipce, będziesz zadowolony, że druga nie żyje.

Mężczyzna miał rację, mówiąc, że są sami.

Bez sąsiadów w pobliżu wszelkie wołanie o pomoc byłoby bezowocne.

Jeśli... jeśli się zgodzi, zrobi to, co powiedział mężczyzna, będzie mogła wyjść z domu żywa.

Biorąc pod uwagę wszystkie inne szanse, jakie miała inne wyjście niż zagrać w najlepszą grę RPG w swoim życiu?

Podjął więc decyzję.

Zamierzała dać najlepszy występ w swoim życiu.

A gdyby mu się nie udało, miała plan awaryjny.

– Zdejmij to – warknął mężczyzna, wskazując głową na kamizelkę.

Gina zrobiła, co powiedział.

Kiedy kamizelka wsunęła się jej na głowę, potrząsnęła włosami i wpatrzyła się w jego ciało.

„ Chcę, żebyś też się rozebrała" – powiedział.

Mężczyzna parsknął drwiącym śmiechem.

- Nie będziesz mi mówił, co mam robić. I nie jestem taki głupi, jak ci się wydaje. Pociągnij go w dół. Skinął głową w stronę spódnicy Giny.

Rozpięła spódnicę i pozwoliła jej opaść z nóg, po czym kopnęła ją piętą w jego stronę.

Stała przed nim w szpilkach i staniku, z ogolonymi wargami sromowymi wystawionymi na działanie chłodnego powietrza łazienki.

Podniosła swoje niebieskie oczy pomalowane tuszem do rzęs i napotkała przenikliwe spojrzenie porywacza.

„ Jakie to słodkie i piękne" – powiedział, wciągając powietrze przez nozdrza. 'Obróć się.'

Gina odwróciła się i spojrzała na wyłożoną kafelkami ścianę.

Przez odbicie w lustrze widziała, jak mężczyzna pochylił się i głaskał ją po kroczu, przyglądając się jej tyłowi.

Duże wybrzuszenie, które dostrzegła w jego spodniach, dało jej znać, że był dobrze wyposażony.

Zmusił ją do pochylenia się do przodu, chwycił ją za biodra i przysunął swoje krocze do niej.

Twarde, tłuste wybrzuszenie wcisnęło się teraz w szczelinę jej pośladków.

Jego goła dłoń dotknęła jej tyłka i popchnęła ją do przodu, w drugiej nadal mocno ściskając nóż.

Gina patrzyła, jak kładzie go na blacie obok zlewu i zaczyna rozpinać spodnie.

Spojrzała na nóż, walcząc z chęcią go chwycenia.

Wiedziała jednak, że nie może być aż tak głupia; Biorąc pod uwagę jego wzrost, mężczyzna w ciągu kilku sekund pokonałby swoją małą, półtorametrową sylwetkę. Mimo to było to kuszące... bardzo kuszące.

Jego czarne spodnie opadły na podłogę, odsłaniając parę czarnych bokserek na ogromnych, muskularnych udach.

Jego erekcja sięgała ku rąbkowi, spuchnięta i ogromna.

Gina przełknęła westchnienie, które prawie wydostało się z jej ust.

Jak mógłbym to wszystko zmieścić?

Wielki kutas napinał ciasny materiał swoich bokserek, chcąc się wydostać.

Kiedy mężczyzna je pociągnął, wielka fioletowa głowa opadła na policzki Giny.

Gruby i bardzo żyłkowany członek miał co najmniej dziewięć cali długości.

Mordercą był seksualny Adonis.

Złapał jej biodro dłonią, wciąż w rękawiczce, a drugą wziął swojego fiuta i skierował go w stronę warg sromowych Giny.

Kiedy poczuła ciepłego, miękkiego penisa między wargami, Gina sapnęła.

A kiedy włożył go do środka, prawie ugięły się pod nim kolana.

Penis wszedł na dużą głębokość, pulsując z podniecenia w jej gorącej, mokrej pochwie.

Uderzył w obszar wewnątrz Giny, który nigdy wcześniej nie był penetrowany, a jej zdradziecka łechtaczka zaczęła pulsować z podniecenia, a na jej ustach i ścianach gromadziła się wilgoć, aby pomieścić tego ekscytującego nowego przybysza.

Mężczyzna zaczął pchać, a jego silne biodra były w stanie z niezwykłą szybkością narzucić twardość wewnętrznych ścian Giny.

To było niesamowite.

Chwyciła krawędź blatu zlewu, podczas gdy on kontynuował penetrację jej mokrych warg sromowych, uderzając ją jądrami.

Zdjął drugą rękawiczkę i swoimi dużymi, zaskakująco miękkimi dłońmi przesunął się po jej kręgosłupie i rozpiął stanik.

Upadł na kafelkową podłogę, uwalniając jej piersi.

Teraz miała na sobie dopiero obcasy, gdy ogromna bestia uderzyła ją od tyłu.

Gina poczuła, jak się wycofuje, a jej cipka doznała chwilowego przypływu ulgi.

Ale niedługo potem jego penis znów znalazł się w niej, ale tym razem w jej tyłku.

Ogromny kutas zabójcy przeniknął ciasne fałdy odbytu Giny, wywołując przez nią ostry ból.

Przez chwilę myślał, że nie będzie w stanie znieść bólu, jego mięśnie zacisnęły się, by usunąć ten obcy obiekt, ale potem rozluźniły się, gdy ból zaczął zamieniać się w przyjemność.

Gina uprawiała już wcześniej seks analny, ale nie z tak dużym fallusem jak ten.

Przyjemność, która ją teraz wypełniała, nie przypominała niczego, co czuła kiedykolwiek wcześniej.

Musiała sobie przypomnieć, gdzie jest.

W domu Johna, ruchany przez mężczyznę, który właśnie go zabił.

Martwe i już nieco zimne zwłoki Johna leżały kilka stóp dalej, w drugim pokoju, jak okropna podobizna jego dawnego siebie.

Gina wiedziała, że nigdy nie będzie w stanie wymazać tego obrazu ze swojej pamięci, bez względu na to, jak bardzo nim gardziła.

I wymazałoby to nienawiść, którą do niego czuła, gdyby dzięki temu mógł wrócić żywy i jej teraz pomóc.

Ale jest coś dziwnego w tym, co dzieje się, gdy grozi Ci śmierć, a Gina doświadczyła tego po raz pierwszy w tej łazience, w której była teraz przetrzymywana.

Instynkt przejmuje kontrolę, tak pierwotną, że nie wydaje się już zwierzęcym instynktem.

I wiesz, że zrobisz wszystko, żeby przetrwać.

ROZDZIAŁ IV

Mężczyzna walił ją w tyłek wściekłymi pchnięciami, ślina wyciekała mu z ust, a jego przystojna twarz była zarumieniona i podniecona.

Niskie, gardłowe dźwięki, które wydawał, ostrzegły Ginę, że zaraz dojdzie.

Mocno chwyciła krawędź blatu.

Kiedy trzymał, koniuszki jego palców zbielały.

– Kurwa – jęknął mężczyzna.

– Idę się dopuścić.

I tak zrobił, a z jego ust wydobyło się ciężkie westchnienie, zamknął oczy i wygiął głowę do tyłu...

A Gina wykorzystała swoją szansę.

Puścił blat i chwycił nóż.

Ślepym, mocnym machnięciem ręki wbił ją w szyję oprawcy.

Podskoczyła i przycisnęła plecy do ściany, zimne płytki na jej spoconych plecach.

Z szeroko otwartymi oczami ze strachu i zmartwienia Gina zobaczyła, że mężczyzna stał w nieruchomej postawie i krztusił się, gdy jego duże oczy patrzyły na nią.

Nóż wystawał z jego grubej, błyszczącej szyi, a ciemnoczerwona krew sączyła się po kołnierzu jego czarnego płaszcza.

Jego kutas był wciąż wyprostowany, a na jego końcu zwisała błyszcząca smuga spermy.

Jej oszołomione oczy pozostały utkwione w Ginie, gdy otworzyła usta i krew rozlała się na jej dolną wargę.

Udało mu się wydusić z siebie słowo „Suka", po czym upadł do tyłu i uderzył w drzwi.

Gina patrzyła na niego przez chwilę, jej klatka piersiowa unosiła się i opadała, po czym wybuchła szalonym śmiechem. Jego plan zadziałał.

Pierwszy raz. Widziała w lustrze, jak zamykał oczy podczas wytrysku, więc cieszyła się faktem, że znacznie ułatwiła atak.

Chwyciła swoje ubrania i szybko się ubrała, tym razem zakładając z powrotem majtki.

Chwyciła torebkę i ostrym czubkiem pięty kopnęła napastnika. Potem napluła mu w twarz.

- To za nazwanie mnie dziwką, sukinsynu!

Odsunął swoje ciało do tyłu, aby móc otworzyć drzwi.

tył jego czaszki uderzył z hukiem w dywan.

Przeszła na palcach po nasiąkniętym krwią ciele i weszła do sypialni.

Spojrzała na ciało Johna na łóżku.

Krew na podłodze.

Krew w łóżku.

Śmierć, gdziekolwiek spojrzał.

To było zbyt wiele.

Gina wybiegła z pokoju i zeszła po kręconych schodach tak szybko, jak tylko pozwalały jej obcasy, a szkarłatne trójkąty plamiły podłogę za nią.

U podnóża schodów zatrzymała się, otarła łzy i opanowała myśli.

Ten styl życia zrujnował jej wszystko.

Uczyniło ją to nieszczęśliwą i cyniczną wobec mężczyzn.

Zreorganizował swoje morale.

A ten gruby, martwy drań był jednym z najgorszych, ze swoimi skorumpowanymi sposobami i obskurnymi fantazjami.

Był wzorem dla społeczeństwa, ale swoim skorumpowanym sposobem rozprzestrzeniał się i zarażał wszystko, czego dotknął.

Włącznie z nią.

Zmieniła go w coś, czym nie była.

A teraz zmienił ją w mordercę.

Zabiła w samoobronie, a gówno leżące w kałuży jej własnej krwi zasługiwało na wszystko, co ją spotkało.

Wiedziała jednak, że nigdy nie zapomni.

Jak źle ją potraktował, jakby była niczym więcej niż brudną dziwką i jak jej ciało ją zdradziło, odpowiadając z przyjemnością na dotyk jego brudnych, morderczych rąk.

Ilu innym młodym dziewczętom życie musiało zrujnować te dwie osoby?

I jak bardzo te dziewczyny wciąż cierpiały?

Nie będę już cierpieć, pomyślała Gina.

Wbiegł po schodach i wszedł do sypialni.

Widok dwóch martwych ciał sprawił, że zachciało jej się wymiotować, ale przełknęła mdłości łokciem i podeszła do łóżka.

Twarz Johna była maską przerażenia, usta czarne i otwarte jak ryba, a oczy zamarznięte z przerażenia.

Gina odwróciła wzrok i zaczęła szukać złotej bransoletki na swoim pulchnym nadgarstku.

Do łańcuszka dołączony był cienki prostokątny medalion.

Otworzyła ją i odczytała znajdujący się w środku numer: 47689.

Powtarzając w myślach liczbę jak mantrę, zamknęła medalion i sięgnęła do torebki.

Wyjął chusteczkę i wytarł odciski palców z medalionu.

Rzucił Johnowi ostatnie pogardliwe spojrzenie, po czym odwrócił się i zbiegł po schodach.

Pobiegł korytarzem, aż dotarł do gabinetu Johna i otworzył drzwi.

Rozglądał się po pomieszczeniu, aż jego wzrok zatrzymał się na tym, po co przyszedł.

John jest bezpieczny.

Podczas jednej z wizyt Giny przechwalał się jego zawartością, a ona domagała się informacji, co jest w środku.

„Piękne klejnoty" – powiedział z aroganckim uśmiechem.

„To jest warte więcej niż cały ten dom".

Potem postukał w łańcuszek na nadgarstku i położył palec na ustach. „Ciś."

Gina podeszła do sejfu na ścianie i wpisała szyfr.

Sejf kliknął, wskazując, że można go otworzyć.

Otworzyła stalowe drzwi i zajrzała do środka.

Na stosie brązowych kopert leżało aksamitnie czerwone pudełko na biżuterię.

Gina poczuła ucisk w żołądku.

Otworzyła go i znalazła najbardziej niesamowity diamentowy naszyjnik, jaki kiedykolwiek widziała, z pięknie wykonanymi kamieniami mieniącymi się kinowym efektem.

„To jest warte więcej niż cały ten dom" – szepnęła do siebie.

Wystarczająco, żeby spłacić wszystkie swoje długi i jeszcze trochę.

Z sercem bijącym w piersi, zamknęła wieko i włożyła pudełko z biżuterią do torby.

Następnie zamknęła sejf i wytarła chusteczkę odciskami palców.

Wybiegła z gabinetu i ruszyła korytarzem w stronę drzwi wejściowych, sprawdzając, czy jej obcasy nie pozostawiły żadnych obciążających śladów na błyszczących deskach.

Nie twoje.

Otworzyła drzwi domu.

Miękkie, chłodne powietrze uderzyło jej w policzki, gdy weszła w noc, a ciężar obecności w domu natychmiast zniknął z jej ramion.

Wreszcie wolna, pobiegła żwirową drogą i wskoczyła do samochodu, rzucając torbę na siedzenie pasażera.

Opuściła głowę na kierownicę i wydała z siebie niski, gardłowy krzyk.

Wyczerpana i wyczerpana sięgnęła do torby i wyjęła telefon.

Wybrała numer 911.

„Policja, proszę, właśnie zabiłem człowieka".

DZIKIE PRZYJĘCIE

63

Susan leżała na kanapie i myślała o swoim partnerze.

Kochała go całym sercem i jej marzeniem było, żeby robił z grą wstępną, co chce.

Liż ją i ssij, aż poziom jej ekstazy będzie wart śmierci.

Więc pieprz ją seksem potężniejszym niż kreacja.

To była taka nudna noc.

Susan leżała na kanapie w staniku i różowych jedwabnych majtkach i oglądała film.

Ale Susan myślała o swoim chłopaku, jego pięknym ciele, zielonych oczach i ciemnobrązowych włosach.

Gdy Susan o nim pomyślała, język Susan przesunął się obok jej warg, pożądanie wypełniając jej umysł i ciało.

Właśnie wtedy Susan usłyszała, jak drzwi się otwierają, w końcu tu był.

Podekscytowana i mokra zerwała się i pobiegła w stronę drzwi.

Stał tam w dżinsach i białym t-shircie.

Wszedł do pokoju i zauważył piękne falujące piersi Susan, które w jej podekscytowaniu niemal wypadały ze stanika.

Chwycił ją w talii, przyciągnął Susan do siebie i mocno ją pocałował.

„Jestem cholernie napalona" – szepnęła Susan w jej ciepłe, mokre usta. „Pieprz mnie teraz".

Nie potrzebując drugiego zaproszenia, popchnął Susan w stronę kuchennego stołu.

Zdjął koszulę i zgasił światło, zaciemniając pokój.

Susan leżała na stole, jej sutki przebijały się przez biały stanik, a na pasujących majtkach tworzyła się mokra plama.

Podszedł do niej, a w jego dżinsach pojawiło się wybrzuszenie.

Pochyla się nad Susan i delikatnie całuje jej brzuch, liżąc go po całym ciele.

Susan wzdycha z przyjemności, a jej ręce chwytają jego głowę, aby przyciągnąć go bliżej.

Kontynuował lizanie i całowanie jej brzucha, od czasu do czasu przesuwając się do jej cipki, wciąż zakrytej majtkami , aby dmuchnąć na nią gorącym powietrzem.

Chwyta zębami jej bieliznę i jednym szybkim ruchem ściąga ją w dół.

Rzuca je na stół i obwąchuje ich łona.

Susan zaczyna jęczeć i ciężko oddychać.

Zakopując twarz w jej mokrej cipce, sięga, by zdjąć jej stanik.

Dziarskie piersi Susan rozlewają się na jego miękkich dłoniach.

Jeszcze raz delikatnie polizała szczelinę Susan, zanim podeszła do lodówki.

Otworzył je i wyjął miskę truskawek. Wziął dwa z nich, umieszczając jednego na brzuchu Susan, a drugiego między jej piersiami.

Oblizał truskawkę w pępku, a potem ją zjadł.

Kontynuował lizanie jej ciała od dołu do góry i w końcu przeszedł do następnej truskawki.

Liżąc dekolt Susan, przesuwa truskawkę w górę i w dół pomiędzy jej piersiami.

Susan jęczy z powodu tego niezwykłego uczucia.

Kontynuował przesuwanie truskawki coraz dalej w dół ciała Susan, aż dotarł do jej cipki, popychając truskawkę językiem.

Susan sapnęła i mógł zobaczyć, jak jej cipka zaciska się wokół truskawki pokrytej jej sokami.

Wepchnęła truskawkę głębiej w cipkę.

Zakrył je ustami, ssąc delikatnie, aż truskawka znów znalazła się w jego ustach; teraz pokryty sokami z cipek Susan.

Siorbiąc truskawkę, zjadł ją i przewrócił Susan na brzuch.

Z tyłkiem w górze pieściła go.

Delikatnie klepnął Susan w tyłek, po czym zanurkował w jej tyłek i polizał go, zostawiając malinkę na całym jej tyłku.

W pobliżu stał słoik miodu, włożył do niego palec i położył go na ustach Susan.

Następnie wsunął język głęboko w nią, przez co Susan jęknęła.

Wsunął język głęboko w jej cipkę.

Jęcząc głośno, Susan powiedziała:

„Pieprz mnie teraz".

Zdjął dżinsy, jego kutas był gotowy do wybuchu.

Teraz, gdy jest nagi, jego kutas jest duży i mocny.

Złapał Susan i przesunął dłońmi po wewnętrznej stronie jej ud, umieszczając swojego kutasa tuż przy jej wejściu.

Potarł głową o jej wilgoć; Delikatnie rozchyliła usta i delikatnie przesunęła główkę jego penisa.

Jęk wydobył się z ust Susan , gdy poczuła, jak czubek jego członka wchodzi w nią.

Susan jęknęła głośniej, gdy wsunął resztę swojego ogromnego, twardego kutasa w jej cipkę.

Gdy wypełnił ją cały, ścisnęła ścianki swojej cipki, więc teraz wydobył się z niego jęk.

Zaczął wsuwać i wysuwać swojego kutasa z pochwy Susan, za każdym razem posuwając się coraz dalej i dalej.

Kontynuował walenie w jej cipkę, przez co Susan jęczała coraz głośniej.

Chwycił ją za uda i zaczął walić mocniej niż kiedykolwiek, chrząkając, gdy wtargnął w ciało Susan swoim ogromnym kutasem.

Zuzanna krzyknęła:

„To takie przyjemne, kochanie, pieprz mnie mocniej".

Mocniej wbił swojego kutasa w cipkę Susan, czując, jak sperma gromadzi się u podstawy jego kutasa.

Jego jądra uderzają w tyłek Susan wraz z jego ruchem.

Susan wydała długi jęk i zaczęła mieć dziki orgazm, a jej cipka ściskała jego kutasa, więc on też zaczął osiągać orgazm.

Sperma wypluła się z jego kutasa, a pierwsza fala dostała się do cipki Susan.

Ale on się wycofał, pozwalając reszcie pokropić swoje ciało.

Gdy jej orgazm zaczął słabnąć, włożył palce w jej cipkę, pompując je szybko, doprowadzając Susan ponownie do orgazmu.

Jęcząc i poruszając się po całym stole, Susan pociągnęła go na siebie i głęboko pocałowała.

Ich pot i nasienie zmieszały się na obu ciałach.

Gdy oboje się uspokoili, powiedział:

„Miło jest być tak przyjętym."

KONIEC

69